HENRY-CHARLES LEA

ESQUISSE

D'UNE HISTOIRE

DE LA

MAIN MORTE

Prix : 0 fr. 50

EN DÉPÔT
A LA
SOCIÉTÉ NOUVELLE
DE LIBRAIRIE ET D'ÉDITION
17, RUE CUJAS, 17
PARIS
1901

M. Henry-Charles Lea, l'illustre auteur de l'*Histoire de l'inquisition au moyen âge*, vient de publier en Amérique un essai sur l'histoire de la Main Morte et les efforts tentés par les gouvernements, depuis de longs siècles, pour la supprimer ou en restreindre les progrès. Il nous a paru que ce résumé, traité de main de maître, pouvait être mis avec avantage à la portée du public français.

Janvier 1901.   Le Traducteur.

LA MAIN MORTE

Chacun sait que l'Église exerce un pouvoir redoutable sur les espérances et les craintes des hommes, en particulier à leur lit de mort. On sait aussi que, d'après ses enseignements fondés sur l'Écriture, des aumônes opportunes et faites à qui de droit sont le meilleur antidote contre le péché. De là, pour l'Église de tous les temps, une facilité sans pareille d'acquérir des biens, tant meubles qu'immeubles. En outre, l'Église garde tout ce qu'elle acquiert, d'où le nom de *Main Morte* donné à ce mode de possession. Ses propriétés sont à la fois indivisibles et inaliénables. Le pape Symmaque a déclaré que le pape lui-même ne peut aliéner les biens de l'Église. De bonne heure, l'État reconnut les dangers qui résultaient pour lui de ces privilèges. Les empereurs chrétiens de Rome, en 370, 372 et 390, firent des lois pour interdire les legs aux églises et aux clercs ; ces legs furent déclarés caducs. Saint Ambroise et saint Jérôme approuvèrent les lois impériales, mais déplorèrent qu'elles fussent devenues nécessaires et exprimèrent aussi le regret caractéristique que les mille ruses et artifices des clercs réussissent à en annuler les effets.

Quand, après les invasions des Barbares, Charlemagne s'efforça de reconstituer la société occidentale, il tenta, à son tour, d'enrayer le mouvement ascendant de la Main Morte. En 811, il posa cette question aux évêques assemblés : « Est-ce vraiment renoncer au monde que de chercher sans cesse à augmenter ses biens en exploitant la crainte de l'enfer et en poussant les fidèles à dépouiller leurs héritiers naturels? » On ne l'écouta pas. En 816, son fils, Louis le Débonnaire, dut décréter qu'aucun clerc n'aurait le droit de recevoir des donations au détriment d'enfants légitimes; toute contravention à cette ordonnance devait être punie et les biens aliénés restitués aux héritiers naturels.

Cela n'empêcha pas la fortune de l'Église de s'accroître sans cesse au cours des siècles qui suivirent. Comme les biens d'Église étaient exempts d'impôts, ils constituaient un placement exceptionnel, dont les revenus allaient s'accumulant et étaient employés à de nouvelles acquisitions. L'Église pouvait offrir d'une terre disponible un tiers de plus que les acquéreurs laïcs, précisément parce qu'un domaine, devenu sa propriété, échappait à toute taxation. Aussi eut-elle bientôt accaparé les meilleures terres. Cela ne faisait pas le compte de l'État, car, si la terre était *noble*, il ne pouvait plus y recruter de soldats et, si elle ne l'était pas, les redevances qu'il en tirait étaient supprimées. Le peuple n'avait pas moins à s'en plaindre; il est évident que les charges publiques pesaient d'autant plus lourdement sur lui que plus de possesseurs de biens-fonds trouvaient moyen de s'y soustraire.

Il est curieux de constater que le premier pays européen où l'on ait énergiquement réagi contre ces abus fut l'Espagne. Au x⁰ et au xı⁰ siècle, l'usage s'y introduisit de considérer les legs faits à l'Église comme valables pendant trois ans seulement, après quoi les biens légués étaient revendiqués par les héritiers naturels. Les conciles de Léon, en 1020, et de Coyanza, en 1050, protestèrent et décrétèrent que les donations par testament seraient perpétuelles. Cette intervention des évêques eut pour conséquence une loi prohibitive. En 1106, sous Alphonse VI, il fut interdit, sous peine de forfaiture, de léguer ou de donner des terres aux églises, exception faite en faveur de celle de Tolède, qui venait à peine d'échapper aux griffes des Sarrasins. Cette loi resta en vigueur jusqu'au xııı⁰ siècle, malgré les efforts de Gré-

goire IX auprès de Fernand III pour en obtenir l'abrogation.
Vers 1125, les Cortès de Najera interdirent, par surcroît, de
vendre des terres à l'Église; aucun domaine sujet à la juridiction
royale ne devait accroître la Main Morte; aucun subterfuge, mis
en œuvre pour tourner cette défense, ne devait sauver l'acheteur
de la confiscation.

Édicter de telles lois et les faire observer sont choses bien dif-
férentes. La piété du peuple, d'une part, et, de l'autre, la cupi-
dité de l'Église contribuèrent à les rendre illusoires. Depuis cette
époque jusqu'au milieu du xvi° siècle, presque toutes les assemblées des Cortès de Castille prièrent les monarques de faire observer les lois ou d'en établir de nouvelles; tous les codes espagnols du moyen âge contiennent des dispositions à ce sujet. Mais
cela même prouve combien le mal était difficile à guérir et le peu
de cas que les gens d'Église faisaient des lois édictées contre
eux.

Lorsque, au xvii° siècle, la décadence de la monarchie espagnole devint évidente, les publicistes n'hésitèrent pas à en chercher la cause principale dans la multiplication excessive des
clercs et dans leur richesse sans cesse accrue. Le Frère Angel
Manrique, bien que moine lui-même, s'exprime ainsi en 1624 :
« Il n'y a pas une ville où le nombre des couvents n'ait triplé
depuis cinquante ans, alors que la population a décru dans une
proportion plus rapide encore. Burgos, qui comptait 7.000 foyers,
n'en a plus que 900; Léon, qui en comptait 5.000, est réduit à
500. Les bourgades sont dépeuplées, les villes moyennes suivent
l'exemple des bourgades; enfin, les richesses de l'Église s'accrois-
sent à mesure que déclinent celles du pays. » Vers la même
époque, un dignitaire de la cathédrale de Tolède, le docteur
Pedro de Salazar y Mendoza, exprimait une opinion analogue; à
ses yeux, la cause dominante du dépeuplement de l'Espagne
était la multitude excessive des clercs et des religieux; une telle
situation exigeait de prompts remèdes.

En 1670, l'attention de la Cour fut appelée sur ces abus par une
pétition de la ville de Camarma de Estruelas; elle représentait
que l'acquisition de terres par les couvents avait réduit la popu-

lation de 300 familles à 70, dont 30 se composaient de paysans sur lesquels pesait tout le fardeau de la taxation autrefois réparti sur 300 familles. Le conseil des Finances, auquel cette pétition fut renvoyée, déclara à la Reine Régente que la condition de Camarma était celle d'un grand nombre d'autres villes. Il fut alors question de légiférer contre la Main Morte, mais l'influence de l'Église paralysa ces velléités de réforme. Il en fut de même en 1677, lorsque Charles II s'adressa au pape pour obtenir les pouvoirs nécessaires. On ne fit rien et le mal continua d'empirer, avec les conditions économiques et financières du pays.

Quand, au début du xviiiᵉ siècle, les Bourbons remplacèrent les Habsbourg sur le trône d'Espagne, un changement se produisit dont on put d'abord espérer d'heureux effets. En 1713, Philippe V stigmatisa sévèrement les fraudes des confesseurs qui persuadaient à leurs pénitents, sur leur lit de mort, d'appauvrir ou de spolier leurs héritiers; il regrettait de ne pouvoir, sans l'autorisation du pape ou un concordat, assurer à ses sujets un remède contre ces maux; mais, en attendant, il déclarait nulles et non avenues toutes les libéralités faites par des mourants à leurs confesseurs, aux parents de ceux-ci, aux couvents ou aux Ordres religieux. Philippe V ajoutait qu'un mourant ne devait pas être considéré comme jouissant de sa liberté d'esprit. Cette loi tomba bientôt en désuétude; c'est ce que nous apprend Charles III lui-même, qui la renouvela en 1770, sans plus de succès.

Philippe V, après de longs efforts, réussit, en 1737, à négocier un concordat avec le pape; mais il n'obtint que des résultats insignifiants. L'article 8 expose que, vu le fardeau intolérable imposé aux laïcs par l'accroissement des biens de main morte, le roi a demandé que les biens ainsi aliénés depuis son avènement fussent soumis à l'impôt. C'est ce que le pape Clément XII refuse d'admettre; mais il concède que les domaines acquis postérieurement à la signature du concordat seront imposables. Cette mince concession fut bientôt annulée par diverses fraudes. Une *cédule* royale de 1745 déclare que, jusqu'à cette date, les ecclésiastiques ont trouvé moyen d'empêcher l'exécution du concordat; de nouvelles instructions sont données pour avoir raison de leur résistance. Mais c'était tenter l'impossible! En 1756, le roi Ferdinand VI revint à la charge ; en 1760, Charles III se plaignit que le concordat n'eût *jamais* été observé et ordonna qu'on fît une enquête sur les terres acquises par l'Église depuis 1737. Peine perdue! En 1795 encore, Charles IV fut obligé de renouveler la *cédule* de 1745.

Charles III avait également fait effort pour mettre obstacle à l'acquisition de terres nouvelles par l'Église. En 1763, il parle des instructions, souvent données et toujours éludées, qui interdisaient de pareils transferts de propriété ; il insiste pour que ces transforts ne soient jamais autorisés, vu les maux qui en résultent pour le peuple. L'avidité et l'astuce de l'Église déjouèrent les bonnes intentions du roi. En 1795, Charles IV fut réduit à imposer une taxe de 15 pour 100 sur des transactions illicites qu'il ne réussissait pas à empêcher.

J'ai insisté sur le cas de l'Espagne, parce que la prépondérance de l'Église dans ce pays lui assurait plus de facilités qu'ailleurs pour lutter avec succès contre l'État; mais le même conflit se répète, à travers le moyen âge et les temps modernes, dans presque tous les pays d'Europe.

Frédéric II, en 1232, rédigeant un code pour son royaume des Deux-Siciles, renouvela une loi oubliée qui interdisait de donner ou de vendre des terres à des clercs ou à des corporations ecclésiatiques ; au cas où une terre serait léguée dans ces conditions, le légataire devait, sous peine de confiscation, la revendre, dans le délai d'un an, aux héritiers légitimes ou à un laïc.

En Angleterre (1270), Édouard Ier publia le *Statut de la Main Morte* : tout domaine donné ou légué au clergé devait être confisqué au profit du seigneur, ou, à défaut, au profit du roi. L'Église réussit à éluder ces dispositions jusqu'à la législation plus compréhensive de 1391.

En Allemagne, le code saxon, qui était en vigueur dans le nordest, permettait aux héritiers naturels, pendant trente ans et un jour, de réclamer une terre vendue à l'Église. Le *Schwabenspiegel*, code des provinces méridionales et occidentales, témoigne d'une influence cléricale beaucoup plus forte, comme cela était inévitable dans le pays des grands princes-évêques. Non seulement il n'impose pas de restrictions à la Main Morte, mais il encourage les libéralités au profit de l'Église. Il en résulta qu'au début de la Réforme la moitié de toutes les terres en Allemagne étaient entre les mains du clergé.

Les Empereurs finirent par reconnaître le danger. Maximilien Ier, par un édit du 6 janvier 1518, défendit toute aliénation en faveur d'une corporation ecclésiastique sans la double autorisation du souverain et de la diète ; faute de quoi, le plus proche parent de l'ancien propriétaire, le souverain ou un laïc quelconque pouvait acquérir la terre à un prix raisonnable. Cette ordonnance fut réitérée par Ferdinand Ier en 1654 ; Léopold Ier, en 1699, ajouta que les aliénations non autorisées seraient tenues pour nulles. En 1716, à la demande de la diète, Charles VI promulgua un décret où il déclara que les fraudes des ecclésiastiques avaient, jusqu'alors, entravé l'observation des lois et qu'en conséquence il les promulguait à nouveau. Il les confirma une fois de plus en 1720, preuve qu'elles ne portaient pas remède au mal ; en outre, il ordonna une enquête sur les acquisitions faites par l'Église depuis 1669, les annula et ordonna aux détenteurs de vendre ces biens à des laïcs dans le délai de trois mois.

La Bavière adopta tardivement la même politique. En 1672, l'électeur Ferdinand Ier rendit obligatoire l'autorisation du souverain pour toute acquisition, par l'Église, de terres nobles ; en 1764, Maximilien-Joseph étendit cette provision à toutes les terres et prescrivit, en outre, que le nombre des moines de chaque couvent serait réduit à ce qu'il était à l'origine, afin d'enlever aux monastères toute excuse pour leurs incessantes acquisitions. Aucun novice ne pouvait désormais être admis dans un couvent sans le consentement exprès du souverain.

Les États de l'Italie furent également contraints d'engager la lutte. En 1432, Amédée VIII, de Savoie et Piémont, exigea que toutes les corporations religieuses restituassent les terres féodales qu'elles avaient acquises et prohiba toute nouvelle acquisition — décisions qui soulevèrent une longue résistance. En 1584, Emmanuel Ier soumit les biens de Main Morte à l'impôt et repoussa les efforts répétés du Saint-Siège qui insistait pour qu'ils fussent libres de charges. C'est en 1863 seulement que Cavour supprima tous les couvents et employa leurs biens à améliorer la condition du clergé. A Venise, une loi de 1329 stipula que des terres ne pouvaient être léguées ou données à l'Église que pour une durée de dix ans, après quoi elles devaient être mises en vente ; en 1536, cette durée fut réduite à deux ans. En 1605, la même loi fut étendue à tout le territoire continental de Venise et aucune aliénation au profit de l'Église ne put être conclue sans l'assentiment du Conseil des Pregadi. Cette mesure, jointe à la loi de 1603 qui prohiba la construction d'églises sans la permission du Sénat, fut une des causes principales de la querelle qui mit aux prises, en 1606 et en 1607, le pape Paul V et la République. Malgré les mises en interdit fulminées par le Pape, la Seigneurie tint ferme et les lois ne furent pas rapportées.

En Toscane, le code florentin de 1415 permettait les legs de terres, mais défendait les ventes et les dons de terres à l'Église. Martin V, en 1427, obtint que cette législation fût rapportée, mais elle fut remise en vigueur en 1457. Toutefois, on ne l'appliqua guère. En 1515, un concordat conclu avec Léon X stipula que toutes les terres acquises par l'Église au cours des cinquante dernières années seraient soumises à l'impôt. On en tint si peu de compte que lorsque le duc Ferdinand Ier voulut lever les impôts prescrits, les ecclésiastiques le citèrent en cour de Rome et obtinrent une décision en leur faveur. La maison de Lorraine montra plus d'indépendance que les Médicis. En 1751, le grand-duc François Ier interdit le transfert à la Main Morte de toute terre et de toute propriété immobilière d'une valeur supérieure à 100 sequins, sans le consentement exprès du prince : Benoît XIV protesta, mais la loi fut appliquée. Le grand-duc Léopold Ier alla plus loin en 1769, à l'exemple de ce que sa mère Marie-Thérèse venait de faire en Lombardie, et il revendiqua le droit d'autoriser ou de prohiber toute aliénation des biens de l'Église. Il songea même à supprimer les ordres monastiques, mais, ne se sentant pas la force nécessaire, il se contenta de fermer quelques maisons.

Au Portugal, Alfonse II, mort en 1223, avait défendu à l'É-
glise d'acquérir des terres sans son aveu, tout en lui permet-
tant d'en recevoir par don ou par héritage. Au début du xvᵉ siècle, Jean Iᵉʳ ajouta que les terres données ou léguées devaient
être vendues à des laïcs dans le délai d'un an et un jour. En
1560, le roi Manuel soumit à l'impôt les domaines acquis par
l'Église avec l'autorisation royale. Ces lois restèrent en vigueur,
bien qu'en 1635 le nonce du pape, Alessandro Cavalcanti, ait eu
l'audace de publier, le dimanche des Rameaux, un décret les
abrogeant. Malgré son asservissement à l'Église, Philippe IV
d'Espagne, alors roi de Portugal, ne put tolérer cette injure ; le
4 juin 1636, il publia un *auto* déclarant que Cavalcanti avait ou-
trepassé ses droits ; Urbain VIII céda et, le 5 avril 1637, le nonce
rétracta publiquement son édit.

Dans les Flandres, dès 1293, le comte Guy de Dampierre défendit d'aliéner des terres au profit de la Main Morte. Au Bra-
bant, Philippe le Bon, vers le milieu du xvᵉ siècle, soumit les
ventes de ce genre au droit de rachat, pouvant être exercé par
le vendeur ou ses héritiers. On n'observa pas ces prescriptions.
En 1515, un édit de Charles-Quint déclara nuls tous les
dons et legs faits à l'Église ; aucune vente ne serait plus valable
sans l'assentiment du prince et des magistrats du chef-lieu.
Malgré l'opposition de l'Église, cette loi fut confirmée en 1520.
Comme on avait recours, pour l'éluder, à toute sorte de fraudes,
Charles-Quint publia en 1538 une *pragmatique* aux termes de
laquelle, lors d'un transfert de terre, les parties devaient jurer
que l'objet de l'opération n'était pas de constituer un bien de
Main Morte.

En France, c'est le plus pieux des rois, saint Louis, qui ré-
sista le premier aux envahissements de l'Église. Dans son code,
connu sous le nom d'*Établissements*, il est dit que les terres
léguées à l'Église peuvent être saisies par le seigneur, bien qu'il
soit d'usage de laisser au légataire un délai d'un an et un jour
pour en opérer la vente. Cette disposition était fondée sur le
principe de droit féodal qu'aucun vassal ne peut diminuer son fief
et comme, dans la hiérarchie féodale, tout seigneur était respon-

sable devant le seigneur placé au-dessus de lui, le roi, seigneur des seigneurs, devait contrôler les cessions de terres.
Ainsi se constitua le *droit d'amortissement,* en vertu duquel
tout transfert de domaines à la Main Morte était sujet à une
redevance au profit de la Couronne. Cette taxe fut tantôt de
quatre, tantôt de six fois le produit de la terre ; on l'estima aussi
au sixième ou au tiers de sa valeur. Philippe V, en 1320, alla
jusqu'à imposer une taxe égale à la valeur de la terre vendue,
mais, dans la suite, la royauté réduisit ses prétentions. D'ordi-
naire, le clergé s'arrangeait pour ne rien payer, mais de temps
en temps on ordonnait des enquêtes à travers le royaume pour
constater les transactions opérées et recueillir les droits affé-
rents. Nous avons connaissance de pareilles enquêtes en 1326,
1370, 1388, 1470, 1547, 1680, 1685 et 1700.

Ces mesures n'empêchèrent ni la multiplication des couvents
ni l'accroissement de leurs biens. Louis XIV, en 1666, renouvela
les vieilles lois qui prohibaient les fondations d'établissements
religieux sans l'autorisation royale ; cette autorisation ne pouvait
être obtenue qu'à la suite d'une enquête rigoureuse et de longues
formalités. Par suite de la négligence à appliquer ces lois, disait
Louis XIV, les communautés religieuses s'étaient accrues au point
de posséder, en divers pays, plus de la moitié des terres et des
revenus. Mais le pouvoir absolu de Louis XIV lui-même fut impuissant à imposer l'obéissance : la plaie continua de s'étendre.
En 1749, un édit longuement motivé, rédigé par le chancelier
d'Aguesseau, déclara que l'accroissement continuel des communautés constituait un péril des plus pressants : en conséquence,
défense était faite à nouveau d'en fonder sans lettres-patentes
délivrées par le roi ; toutes celles qui avaient été fondées sans
autorisation depuis l'édit de 1666 et pendant les trente années
précédentes étaient supprimées. Aucune propriété immobilière
ne pouvait être acquise par l'Église sans une autorisation spéciale du roi pour chaque transaction ; tous les legs de terres faits
à l'Église étaient déclarés nuls, même si le testateur avait mis
comme condition l'obtention de lettres-patentes, et l'octroi de
ces lettres était entouré de précautions sévères impliquant que

l'utilité de la transaction à intervenir devait toujours être établie clairement.

Cette variété des législations dans les pays catholiques atteste à la fois la conviction unanime des hommes d'État, pendant cinq ou six siècles, touchant le danger des biens de main morte, et leur impuissance à refréner l'avidité de l'Église. Le fait seul qu'on est sans cesse obligé de renouveler les lois montre combien elles sont mal observées. D'une façon on d'une autre, l'Église trouvait moyen de les tourner, sans souci des tentations qu'elle éveillait et des périls auxquels elle serait exposée le jour où sa terrible autorité sur les peuples et les princes aurait subi une atteinte sérieuse. Elle ne prévoyait pas que l'heure sonnerait où ceux que l'idée d'une spoliation effrayait encore tranquilliseraient leurs consciences par l'euphémisme de *sécularisation* !

Cependant la Réforme lui avait donné un avertissement salutaire, bien qu'à cette époque l'Église n'ait pas perdu tout ce qu'elle fut en danger de perdre. Les mesures violentes de Henry VIII et les confiscations progressives des princes protestants d'Allemagne ne doivent pas nous arrêter ici, car elles furent l'œuvre de schismatiques et d'hérétiques. En revanche, il faut observer que plusieurs des souverains catholiques ne montrèrent guère plus de scrupules que les Luthériens à confisquer les biens des Ordres religieux et qu'en 1524, à la diète d'Augsbourg, les deux partis proposèrent sérieusement de séculariser tous les biens d'Église en Allemagne. Les prélats devaient recevoir des revenus convenables ; les chanoines nobles toucheraient des pensions viagères ; un ou deux couvents de femmes seraient conservés dans chaque cercle de l'Empire comme lieux de refuge pour les dames de la noblesse ; prêtres et prédicateurs recevraient un traitement et le reste des revenus de l'Église servirait aux besoins de l'État, en particulier à l'entretien d'une armée permanente pour la défense de l'Empire.

L'Église échappa à ce danger, mais n'en devint pas plus sage. Elle persévéra dans son avidité jusqu'à ce que la philosophie railleuse du xviiie siècle eût détruit, parmi les classes dirigeantes, tout respect pour la forme romaine du Christianisme. Dès 1743, il fut question d'une entente entre Marie-Thérèse et Charles VIII, fondée sur la sécularisation, au bénéfice de celui-ci, des grands diocèses de Salzbourg, Freisingen, Ratisbonne, Eichstätt et Augsbourg. Mais le projet fut dévoilé avant l'heure et ceux qui l'avaient conçu le désavouèrent, tandis que Benoît XIV, de son côté, déclarait qu'il verserait son propre sang pour empêcher une pareille spoliation.

En 1758, un projet semblable mit en émoi Clément XIII, qui adressa des lettres de remontrances aux princes catholiques. Évidemment, la sécularisation était dans l'air ; le siècle n'admettait plus comme un dogme qu'une sainteté particulière s'attachât à la propriété ecclésiastique. La Société de Jésus était devenue une vaste corporation commerciale, avec d'énormes domaines coloniaux qu'elle exploitait avec d'autant plus de profits qu'elle était exempte de toute taxe. Par bien d'autres raisons encore, elle provoquait l'intervention des pouvoirs publics. Le Portugal donna le signal, le 5 septembre 1759, en décrétant l'expulsion des Jésuites ; dix-huit mois après, leurs biens étaient confisqués au profit du trésor royal. La France supprima la Société en 1762 et consacra les biens des Pères au payement de leurs dettes, à leur entretien et celui de leurs anciens collèges. En Espagne, la *pragmatique* de Charles III (2 avril 1767), qui prononça la dissolution de l'Ordre, confisqua ses biens au profit d'œuvres pieuses et stipula que les ex-Jésuites recevraient une pension ; mais, en 1798, Charles IV fit entrer tout ce qui restait dans le trésor royal.

Quand Clément XIV, en 1773, supprima la Compagnie de Jésus, il nomma une commission de cinq cardinaux et de deux prélats pour administrer ses biens en vue de pieux usages. Cette commission envoya aux évêques allemands l'ordre de saisir les propriétés de la Compagnie afin de les affecter aux mêmes objets ; mais Joseph II refusa de reconnaître les prétentions du pape au contrôle des biens de l'Église, en suite de quoi les princes allemands confisquèrent purement et simplement tous les biens qui se trouvaient sur leurs territoires.

Le second assaut, livré par l'empereur Joseph II, rendit évidente l'aversion des monarques éclairés du XVIIIe siècle pour les Ordres religieux; en particulier pour ceux qui étaient soumis à une direction étrangère. Dès 1772, il défendit au Tiers-Ordre de Saint-François de faire des recrues; en 1784, il le supprima. Au mois de mars 1781, il prohiba presque complètement les relations des Ordres avec leurs supérieurs à Rome; dix-huit mois après, il n'admit plus aucune exception à cet égard. Plus destructeur encore fut son décret du 30 octobre 1781, supprimant tous les Ordres contemplatifs : près de 700 maisons religieuses (près des deux cinquièmes de toutes celles qui existaient alors dans la monarchie) furent ainsi fermées; leurs biens confiqués constituèrent un « fonds religieux », destiné à servir les intérêts de l'enseignement et ceux du clergé séculier. Enfin, le 30 novembre 1784, Joseph II défendit d'admettre des novices pendant une durée de douze ans, sauf permission spéciale des autorités séculières, qui se montrèrent très avares d'autorisations.

Ce n'était encore là que le souffle précurseur de la tempête. Elle éclata dès le début de la Révolution française, avec une rapidité qui montre combien l'esprit public était mûr pour l'idée de la sécularisation des biens d'Église. Le 2 novembre 1789, l'Assemblée Nationale décida, sur la proposition de Talleyrand, évêque d'Autun, que tous les biens d'Église appartenaient à la nation et que le clergé devait être salarié par elle. Puis vint le décret du 13 février 1790, supprimant les Ordres religieux et confisquant leurs biens. Naturellement, le pape Pie VI protesta : le 10 mars 1791, dans son bref *Quod aliquantum*, il affirma l'inviolabilité des biens ecclésiastiques et menaça ceux qui y portaient atteinte du sort d'Héliodore; il ajoutait que l'octroi de traitements aux évêques et aux prêtres constituait un intolérable scandale. Cependant le successeur de Pie VI, le pape Pie VII, fut obligé, aux termes du Concordat de 1801, d'accepter les faits accomplis et de prendre l'engagement, en son nom et en celui de ses successeurs, de ne pas troubler dans leur possession les acquéreurs des biens d'Église. Les *articles organiques* annexés au Concordat, mais non acceptés par la Papauté, confirmèrent la suppression des Ordres religieux; une tentative pour les introduire à nouveau en France fut déjouée par Napoléon en 1804 et ceux qui s'y infiltrèrent après la Restauration restèrent soumis, en théorie du moins, aux lois qui prohibent des vœux perpétuels. Depuis cette époque, la crainte et l'aversion que les Ordres inspirent n'ont pas diminué ; en ce moment même, le gouvernement français prépare une loi sur les associations qui est dirigée surtout contre les Congrégations religieuses.

Pie VII eut à subir une épreuve plus dure encore lorsqu'il vit l'Allemagne orthodoxe et l'Allemagne hérétique s'unir pour la confiscation générale des biens d'Église. Un *Reichsrecess* du 25 février 1803 sécularisa les quatre grands archevêchés de Mayence, Trêves, Cologne et Salzbourg, plus dix-huit évêchés, de Brixen à Lübeck, y compris les maisons religieuses et les biens-fonds qui en dépendaient, le tout d'une valeur estimée à 420 millions de florins rhénans. Les domaines ainsi arrachés à l'Église ne comptaient pas moins de 3.461.776 habitants et lui assuraient un revenu de 21 millions de florins. Toutes ces richesses accumulées firent mises « à la disposition » des princes séculiers, pour servir tant à l'amélioration de leurs finances qu'à la rétribution des prêtres séculiers et des maîtres de la jeunesse ; il était entendu que les cathédrales devaient être entretenues par l'État et que les clercs dépossédés recevraient des pensions. En vain, dans un bref du 12 février 1803, adressé à l'électeur Maximilien de Bavière, Pie VII exhala son indignation, protestant avec virulence contre des mesures qu'il qualifiait d'injustes et de sacrilèges. On n'y fit aucune attention. Le nonce Consalvi ne fut pas mieux écouté lorsque, au Congrès de Vienne, il demanda que l'Église rentrât en possession de ses biens. Le 14 juin 1815, il formula, au nom du pape, une protestation solennelle contre tout ce qui s'était fait en Allemagne depuis 1803 sans l'assentiment du Saint-Siège. Pie VII, dans son allocution *Mirati*, prononcée le 4 septembre 1815, confirma sa protestation, mais exprima l'espoir qu'un prochain Congrès se montrerait plus soucieux que celui de Vienne des droits de l'Église. Cette espérance ne s'est jamais réalisée.

L'Italie ne fut pas moins sourde aux protestations de la

Papauté. Les lois du 28 juin et du 7 juillet 1866, complétées par celle du 15 août 1867, supprimaient les maisons religieuses et sécularisaient leurs biens ; cinq pour cent du revenu des biens confisqués devaient constituer le *fondo di culto* ; de modestes pensions étaient assignées aux religieux dépossédés. Le travail s'opéra si rapidement que, dès la fin de 1866, on avait supprimé 1.986 établissements, avec une population de 31.024 âmes et un revenu total de 13.722.995 livres[1]. Pie IX, dans son allocution *Universus catholicus* (20 septembre 1867), dénonça cette législation comme la violation de toutes les lois divines, humaines et naturelles. la déclara nulle et non avenue et prononça contre ses auteurs et ses fauteurs l'excommunication qui frappe de plein droit ceux qui dépouillent l'Église. Ses protestations furent vaines. L'occupation de Rome (septembre 1870) fut suivie de la loi du 19 juin 1873, sécularisant les biens des établissements religieux de la capitale. Pendant que cette loi était à l'étude, Pie IX déclara qu'elle serait nulle et que ceux qui la voteraient encourraient *ipso facto* l'ex-. communication. Après l'adoption de la loi, le pape affirma, dans son allocution *Praenunciavimus* (15 juillet 1873), que tous ceux qui en feraient état, en particulier les acheteurs de biens ecclésiastiques, tombaient sous le coup de l'excommunication majeure ; les ventes devaient être considérées comme nulles. Cela même fut inutile ; de même encore, le 29 janvier 1874, Pie IX protesta vainement auprès des Puissances contre une décision de la Cour de cassation de Rome, qui avait soumis à la loi de sécularisation les biens de la congrégation *de Propaganda Fide*.

En Espagne, les choses allèrent naturellement moins vite et il y eut des phases de réaction. L'invasion de Napoléon avait déchaîné l'orage. A peine Joseph était-il assis sur le trône des Bourbons que, par des décrets du 4 décembre 1808, du 27 avril et du 18 juin 1809, tous les ordres religieux furent déclarés abolis et

---

1. Dans ce chiffre ne sont naturellement pas compris les produits des quêtes, dons manuels, etc. Il faut estimer, en moyenne, à 800 francs par an la somme *minima* nécessaire à l'entretien d'un religieux ou d'une religieuse. Les 150.000 religieux ou religieuses de France ont donc un revenu global d'au moins 120 millions de francs, mais probablement supérieur à 200 millions. — *Trad.*

leurs biens confisqués. L'autorité de Joseph ne s'étendait pas plus loin que celle des maréchaux de Napoléon; toutefois, les décrets servirent de prétexte à d'innombrables pillages et, dans la guerre de dévastation qui ravagea presque toutes les provinces, peu de couvents restèrent indemnes. Les Cortès de Cadix, au mois de juin 1812, décrétèrent que les biens des couvents détruits ou dont la population avait été dispersée feraient retour à l'État, qui les remettrait plus tard aux congrégations au cas où elles se réorganiseraient. La restauration du bigot Ferdinand VII, en 1814, rendit cette législation illusoire; mais la violence de la réaction provoqua la révolution de 1820. Alors, par décret du 1ᵉʳ octobre 1820, les Cortès supprimèrent les couvents de presque tous les Ordres et consolidèrent les autres, tout en prohibant la fondation de nouvelles maisons et le recrutement de novices. Les biens des monastères supprimés furent affectés à la dette publique et l'on en vendit une grande partie; mais lorsque l'invasion française de 1823 eut déchaîné une réaction cléricale nouvelle, des décrets du 11 et du 21 juin réintégrèrent les moines dans leurs couvents et les acheteurs de biens sécularisés furent dépouillés sans indemnité.

La mort de Ferdinand VII, en 1833, et l'avènement de l'infante Isabelle sous la régence de sa mère Marie-Christine, produisirent un nouveau changement. Il y avait deux prétendants : Don Carlos, soutenu par le clergé irréconciliable, tant séculier que régulier, et Ferdinand II, de Naples. Les prétentions de ce dernier étaient soutenues par l'Autriche; le pape Grégoire XVI, en sa qualité de prince temporel, n'osait pas mécontenter la puissance alors dominante dans l'Italie du nord. En conséquence, il refusa de reconnaître Isabelle et même de confirmer les nominations régulières aux évêchés espagnols, parce que cela eût impliqué son adhésion au régime nouveau. Les relations entre Madrid et le Quirinal se tendirent à tel point qu'elles finirent par se rompre en 1836; elles ne devaient être renouées qu'en 1848. A cette date, plus de la moitié des sièges épiscopaux en Espagne se trouvèrent vacants!

Cette attitude du pape jeta la Régence dans les bras des Libéraux. Il sembla qu'il fallait avant tout affaiblir le parti clérical, dont les biens étaient d'ailleurs convoités par le trésor public en détresse. La sécularisation n'était plus qu'une question de temps; mais elle ne s'effectua que par degrés. Le gouvernement commença, en 1834, par saisir les biens du clergé carliste, tant régulier que séculier, parce qu'il favorisait l'insurrection; puis l'admission de novices fut interdite et une *junte* ecclésiastique fut désignée pour faire un rapport sur l'état de l'Église en Espagne et préparer une réforme complète. Le résultat des travaux de la *junte* fut un projet de loi présenté aux Cortès le 19 février 1835 : toutes les propriétés des Congrégations religieuses devaient faire retour au Trésor. Le pape Grégoire protesta vivement, le 10 avril, affirmant l'inviolabilité des biens d'Église. Le gouvernement espagnol lui répondit, au mois de juillet, en supprimant d'abord les Jésuites, puis environ 900 couvents abritant moins de douze religieux chacun. Là-dessus, les *juntes* révolutionnaires des provinces se soulevèrent contre les maisons religieuses, qui, en bien des endroits, furent livrées au pillage; les religieux furent dispersés, quelques-uns même, dit-on, tués par le peuple. Le pape Grégoire protesta de nouveau, déplorant les atrocités dont tant de pacifiques religieux étaient victimes. Cela n'empêcha pas de nouvelles lois anticléricales d'être votées au mois d'octobre : cette fois, presque tous les couvents subsistants étaient sacrifiés. Le 1er février 1836, Grégoire prononça l'allocution *Sextus*, se plaignant que ses objurgations répétées n'eussent pas été écoutées; l'Église continuait à être l'objet d'oppressions scélérates; l'autorité du Pontife était méprisée; comme ses réclamations ont été vaines, le Pape déclare maintenant que toute la législation relative aux biens d'Église est nulle et non avenue. Les Cortès répliquèrent, le 8 mars 1836, en supprimant tous les couvents, à l'exception de ceux de trois petites congrégations charitables. Puis, en septembre, on confisqua les biens de tous les évêques qui ne résidaient pas et l'on adopta diverses mesures pour réduire le nombre des clercs. Enfin, en juillet 1837, la perception des dîmes et des premiers fruits fut interdite et les biens du clergé séculier furent déclarés acquis à la nation.

En 1838, les Progressistes cédèrent le pouvoir aux Modérés. L'insurrection carliste touchait à sa fin et la paix fut rétablie en 1840. Par une loi du 16 juillet de cette année, les Modérés assurèrent au clergé séculier la jouissance de ses biens; mais, vingt-quatre heures après la proclamation de cette loi à Barcelone, la populace se souleva, le mouvement gagna le reste de l'Espagne, les réactionnaires furent chassés du pouvoir et les Progressistes, redevenus les maîtres, décrétèrent au mois de décembre que les couvents des territoires carlistes étaient sécularisés et que les églises conventuelles non indispensables à la célébration du culte seraient mises en vente. Le pape Grégoire XVI protesta de nouveau, attestant le ciel et la terre que l'Espagne violait les droits de l'Église et annulant toute la législation anticléricale. Des copies de la protestation du pape furent introduites clandestinement en Espagne et lues publiquement de haut des chaires. Bien entendu, aucun gouvernement ne pouvait tolérer une pareille ingérence : on fit revivre les lois de l'ancienne monarchie, ordonnant des poursuites contre ceux qui mettraient en circulation des lettres pontificales non approuvées par le pouvoir royal. Une loi, votée le 2 septembre, abrogea celle du 16 juillet 1840 et ordonna la vente des biens du clergé séculier, qui furent déclarés biens nationaux.

Le ministère présenta ensuite aux Cortès un projet de loi impliquant la rupture définitive de l'Église d'Espagne avec la papauté, qui, disait l'exposé, n'obéissait qu'aux conseils de l'avidité et de l'ambition. C'était là une tentative d'intimidation assez maladroite; le projet fut envoyé à un agent de l'Espagne à Rome, avec ordre de dire au pape que la loi ne passerait pas si les évêques espagnols étaient confirmés. Le pape Grégoire tira parti de cette faute avec une habileté consommée. Dans une encyclique du 22 février 1842, adressée à toutes les églises, il renouvela ses déclarations précédentes, déclarant nulle la législation anticléricale, y compris la loi présentée aux Cortès, au cas où elle serait votée. Il déplorait les afflictions de la pieuse nation espagnole, pour le bien de laquelle il avait vainement prié jour et nuit. Tous les fidèles devaient se joindre à leurs évêques et

demander publiquement au Ciel que les épreuves de l'Espagne
fussent abrégées ; pour stimuler leur zèle, il accordait une indulgence jubilaire à tous ceux qui assisteraient trois fois à ces
solennités. C'étaient là des armes contre lesquelles le gouvernement était impuissant : le projet de loi ne vint pas même en
discussion.

Au début de l'année 1844, les Modérés reprirent le pouvoir
avec Narvaez. Désireux de renouer les relations avec la papauté,
ils suspendirent les ventes de biens ecclésiastiques et firent dire
à Rome par leur agent, Castillo y Ayensa, que si les ventes
effectuées jusqu'alors étaient reconnues valables, comme lors du
Concordat avec la France, les biens encore disponibles seraient
restitués à l'Église. Castillo négocia une convention dans ce sens
et la signa le 27 avril 1845, mais le gouvernement refusa de
la ratifier ; on s'éleva contre elle dans les deux camps et Castillo
dut rentrer dans la vie privée, bien que le 3 avril les Cortès
eussent adopté une loi aux termes de laquelle les biens non
vendus faisaient retour au clergé.

Enfin, en 1851, on conclut un concordat qui reconnaissait les
faits accomplis. Cet instrument rétablissait les Ordres religieux
consacrés à l'éducation et aux œuvres charitables ; il spécifiait
les traitements des prélats et du clergé, ainsi que les frais du
culte ; il ordonnait la vente aux enchères des biens des couvents
qui restaient disponibles, avec cette réserve que les sommes
ainsi perçues devaient être placées en rentes sur l'État dont les
intérêts seraient servis aux couvents rétablis ; il garantissait à
l'Église le droit de posséder et l'inviolabilité de ce qui lui restait,
moyennant l'engagement du Saint-Siège que les possesseurs
actuels de biens confisqués ne seraient molestés en aucune façon.

Ces promesses réciproques étaient sans valeur dans l'état d'é-
quilibre instable où se trouvait l'Espagne. Quatre ans après, la
loi du 1er mai 1855 mit en vente tous les biens ecclésiastiques
restants et prohiba toute constitution de Main Morte. Pie IX, dans
son allocution *Nemo vestrum* (26 juillet 1855), se plaignit amère-
ment de ce manque de loyauté ; lui et ses successeurs se trouvaient ainsi déliés de l'engagement pris en 1851 de ne pas mo-

lester les acquéreurs ; le Saint-Siège s'efforça de répandre ces déclarations en Espagne afin d'empêcher les ventes. Elles n'en continuèrent pas moins jusqu'à la convention du 4 avril 1860, par laquelle le gouvernement abrogea la loi du 1er mai 1855 et promit qu'il n'y aurait plus de ventes, à la condition que celles qui avaient eu lieu fussent reconnues. Cette convention ne fut pas moins fragile que le Concordat. Le gouvernement révolutionnaire de 1868 se mit en mesure de vendre le reste des biens d'Église, qui avaient cependant été garantis deux fois, et Pie IX dut se contenter de déplorer ces actes dans son allocution *Novam* (25 juin 1869). Une nouvelle infraction aux traités, touchant le salaire des ecclésiastiques, provoqua, le 22 décembre 1872, une troisième protestation de Pie IX, en son allocution *Justus et misericors*. Toutefois, en 1876, sous le règne d'Alphonse XII, des décrets royaux rendirent à l'Église les maigres restes de ses propriétés et enjoignirent l'observation fidèle des traités qui liaient désormais l'Espagne au Saint-Siège.

Le Portugal alla plus vite en besogne que l'Espagne. Par un décret du 15 août 1833, l'empereur Pierre Ier, régent pendant la minorité de sa fille Maria da Gloria, supprima les couvents et les Ordres militaires et confisqua leurs biens au profit du fisc. Le gouvernement négligea de payer les pensions promises et les moines expulsés tombèrent dans une profonde misère. Des efforts ont été tentés dans ces dernières années, mais avec un succès douteux, pour rétablir les Congrégations abolies.

Les anciennes colonies de l'Espagne forment une partie trop considérable du monde catholique pour que nous les passions sous silence dans cet aperçu. Dès le début de leur organisation, on songea à les préserver des maux résultant de l'accumulation de la Main Morte. Une loi de Charles-Quint, du 27 octobre 1535, relative à la distribution de terres aux immigrés, défendit en termes positifs et sous peine de forfaiture qu'aucun bien-fonds ne fût vendu à une église ou à un ecclésiastique. Cette loi fut comprise dans le code dit *Recopilación de las Indias*, compilé en 1661 — preuve qu'on la considérait toujours comme en vigueur. Rien n'avait d'ailleurs été négligé pour assurer, sur d'autres revenus

la construction et l'entretien des églises. De 1580 à 1800, des décrets répétés, — par suite, mal obéis — défendirent aux prêtres
missionnaires d'extorquer des legs pieux aux Indiens qu'ils con-
vertissaient à l'article de mort. L'inquiétude qu'inspiraient la
constante multiplication et les abus des Ordres religieux se ma-
nifesta par de nombreuses dispositions légales. Le 24 octobre 1570,
Philippe II leur interdit formellement d'acquérir des terres; en
1631, Philippe IV dut renouveler cette défense ; en 1705, le Conseil des Indes demanda vainement qu'on la fît respecter et, sous
Ferdinand VI, une nouvelle tentative, également infructueuse,
fut faite à la même intention.

Ainsi, dans la mesure insuffisante où la législation pouvait y
contribuer, les colonies espagnoles furent protégées contre le
fléau de la Main Morte. Aucune terre ne pouvait être légalement
possédée par une église ou par un couvent; et cependant, au mépris de la loi, les biens ecclésiatiques augmentèrent sans cesse. En
1644, les autorités civiles de Mexico firent appel à Philippe IV et
le prièrent d'arrêter ce dangereux accroissement ; la plus grande
partie des terres, affirmait-on, étaient déjà entre les mains de
l'Église, qui aurait bientôt fait de se rendre maîtresse du reste ; il
y avait trop de couvents des deux sexes et les clercs se multi-
pliaient plus vite que les moyens d'existence du clergé. Bien que
l'expulsion des Jésuites, en 1767, ait amélioré la situation, le Fis-
cal royal de Mexico déclara, la même année, que si l'accumulation
des biens de l'Inquisition n'était pas arrêtée, le roi n'aurait bientôt que peu de domaines restant soumis à sa juridiction. L'his-
torien Bancroft estime qu'avant la révolution mexicaine, plus de
la moitié des terres du Mexique appartenaient à la Main Morte.

Après la guerre qui consacra son indépendance, le Mexique ne
se décida que lentement à suivre l'exemple de la mère-patrie.
C'est en 1856 seulement que certaines lois restreignant les privilèges ecclésiastiques provoquèrent des troubles, à la suite
desquels le gouvernement déclara qu'il ne soumettrait pas ses
actes à l'autorité du Saint-Siège. Un décret subséquent, sécularisant les biens d'Église et autorisant les moines à renoncer à la
vie monastique, fut déclaré nul et non avenu par Pie IX, dans

son allocution *Nunquam fore* (15 décembre 1856). Le clergé, irrité contre le gouvernement, se joignit à la partie dissidente de l'armée; il en résulta une guerre civile où beaucoup de sang coula. Pendant la guerre, le 12 et le 13 juillet 1859, le président Juarez, retiré à Vera Cruz, décréta la confiscation de tous les biens ecclésiastiques et la suppression des couvents d'hommes; bien que les couvents de femmes fussent épargnés, les religieuses pouvaient, en les quittant, réclamer la restitution de leur apport ou une indemnité de 500 dollars. Lorsque la défaite de Miramon, en janvier 1861, et le triomphe des Constitutionnels semblèrent assurer la mise en vigueur de ces décrets, Pie IX fit entendre une nouvelle protestation dans son allocution *Meminit unusquisque* (30 septembre 1861).

Lors de l'intervention française, en 1862, le clergé espéra reconquérir ses privilèges, mais il fut déçu dans son attente. Bazaine était installé à Mexico; on essaya de mettre obstacle à la circulation des valeurs créées par Juarez et gagées par les biens d'Eglise confisqués, ainsi que d'empêcher les acheteurs de construire sur les anciens terrains de Main Morte. Mais les étrangers possédaient déjà une si grande quantité de ces valeurs fiduciaires (Bazaine lui-même, disait-on, en détenait) que le gouvernement provisoire dut les reconnaître et remettre jusqu'à l'arrivée de Maximilien la solution de la question qu'elles soulevaient. On assure que Maximilien, à Miramar, avait promis de rétablir les Ordres religieux; mais quand, en 1864, un nonce du Pape arriva pour procéder à cette restauration, pour réclamer les biens de l'Église et pour obtenir l'abrogation de toutes les lois anticléricales, Maximilien déclara que l'Église devait abandonner toute prétention sur les biens sécularisés. Le nonce revint à Rome. Bientôt furent rendus des décrets confirmant toutes les ventes légalement faites et assurant l'exécution des lois de 1856 et de 1859; sur quoi Pie IX, dans son allocution *Omnium ecclesiarum* (27 mars 1867), reprocha durement à Maximilien d'avoir trahi ses engagements, mais exprima l'espoir qu'après une nouvelle étude il relèverait l'Église mexicaine de ses ruines. Peu de jours après arriva à Rome une commission chargée de préparer un ac-

commodement, mais les exigences du pape étaient si extrava-
gantes qu'il fallut rompre les négociations. Au dernier moment,
lorsque Bazaine se préparait à quitter le Mexique, Maximilien
fut induit à y rester par l'espoir trompeur d'un concordat et la
promesse du concours du clergé en retour d'une restitution de
ses biens.

En 1873, les additions à la Constitution déclarèrent que l'Église
et l'État étaient indépendants l'un de l'autre, promirent la tolé-
rance religieuse, défendirent aux églises de posséder des terres
ou de prendre hypothèque et prohibèrent la création d'Ordres
monastiques. Tous les fonctionnaires durent s'engager formellement à appliquer ces lois. L'irascible Pie IX fulmina l'excommunication contre tous ceux qui souscriraient à cet engagement ;
il s'ensuivit des émeutes sanglantes, que le gouvernement ré-
prima. Les évêques continuèrent la lutte et Pie IX vint à leur
aide le 6 mars 1876 par sa lettre *Nunquam hactenus*, où il pro-
mettait une indulgence plénière d'un mois à ceux qui les sou-
tiendraient. Mais cette intervention ne produisit aucun résultat.

Grâce aux labeurs de M. Bancroft, nous sommes ainsi exacte-
ment renseignés sur ce qui se passa au Mexique ; mais il est difficile de réunir des détails précis au sujet des nombreuses autres ré-
publiques de l'Amérique latine. Toutefois, une série d'invectives
enflammées de Pie IX nous permet d'entrevoir ce qui se passa
dans la Nouvelle-Grenade. L'allocution *Acerbissimum* (27 septembre 1852) déclare nulles diverses lois récemment adoptées,
qui prohibaient les Ordres religieux professant l'obéissance pas-
sive, attribuaient aux prêtres de paroisse un salaire à fixer par
les assemblées paroissiales et, dans la pratique, sécularisaient la
moitié des revenus ecclésiastiques. La Nouvelle-Grenade n'en
persévéra pas moins dans sa politique : défense fut faite à l'É-
glise d'user de son pouvoir sans le consentement de l'État, les
Jésuites furent bannis et le nonce du pape fut invité à quitter le
pays dans le délai de trois jours. Pie IX se plaint de ces actes
hostiles dans son allocution *Meminit unusquisque* (30 septembre
1861). Dans l'allocution *Incredibili* (17 septembre 1863), il déclare qu'il peut à peine trouver des termes pour qualifier l'énor-

mité de la législation anticléricale en Nouvelle-Grenade, dont il n'hésite pas à prononcer la nullité. « Tous les biens d'Église, dit-il, ont été confisqués et vendus ; l'Église ne peut plus ni posséder, ni acquérir ; les Ordres religieux des deux sexes ont été supprimés et les membres du clergé séculier doivent, sous peine d'exil, jurer de seconder ces lois et celles qui pourraient être portées dans la suite. » Évidemment, la Nouvelle-Grenade était décidée à établir la suprématie de l'État.

L'Équateur fut plus lent à s'émouvoir. Des déclarations pontificales, de 1877, 1889 et 1893, attestent un accord parfait entre cette petite République et le Saint-Siège ; la dévotion de l'Équateur s'est manifestée, jusqu'en ces derniers temps, par l'envoi d'un dixième de ses revenus à Rome. Depuis, les révolutions ont amené un changement ; il y a quelques mois (1900), à la demande du président Alfaro, une loi a été votée pour séculariser les biens de l'Église et les affecter à l'entretien des écoles. Les Ordres religieux, dit-on, travaillaient à éluder ces dispositions en transférant leurs biens à des prête-noms laïcs, artifice que le gouvernement s'apprêtait à déjouer. Quant aux autres États américains, nous savons, par quelques renseignements isolés, que le Paraguay, en 1824, supprima tous les monastères, que le Brésil prohiba le recrutement de novices en 1829 et que le Vénézuéla abolit les Ordres religieux en 1874. On peut déjà prévoir l'affranchissement du Nicaragua, où l'État a revendiqué la moitié des revenus de l'Église ; mais le parti clérical se prépare à résister par sa méthode accoutumée, c'est-à-dire en fomentant une insurrection.

Il est à noter que les lois espagnoles de sécularisation, de 1835 à 1868, ne furent pas appliquées aux Philippines, où pourtant les Ordres religieux avaient accumulé des biens immenses au mépris des prohibitions répétées de Charles-Quint et de ses successeurs et où leurs exactions ont été l'une des causes les plus graves de la désaffection des indigènes. Cette funeste négligence s'explique aisément. La puissance de l'Espagne, dans cette colonie lointaine, était trop faible pour risquer une lutte avec les moines qui, depuis longtemps, étaient les vrais maîtres de l'Archipel et n'hésitaient pas à jeter en prison ou même à assassiner un gouverneur quand ils ne pouvaient le décider à quitter la place. Cette domination des moines aux Philippines a duré jusqu'à l'insurrection tagale. En 1850, ils se vantaient que la conquête était leur œuvre propre et qu'aucune loi ne pouvait être exécutée dans les villages sans l'assentiment du prêtre de la paroisse. On sait assez quels fruits ce régime a portés et ce qu'il en a coûté à la métropole.

Un fait dominant se dégage de l'histoire de cette longue lutte poursuivie, dans l'un et l'autre hémisphère, entre l'Église et l'État : c'est la conviction unanime des hommes d'État catholiques que la Main Morte est un fléau, qu'on doit la combattre sans relâche et que les Ordres religieux forment, dans le corps politique d'une nation, le moins désirable des facteurs. Il faut aussi signaler l'indifférence dédaigneuse que ces mêmes hommes d'État ont partout et toujours opposée aux protestations et aux fulminations du Saint-Siège; il y aurait, aujourd'hui surtout, quelque pusillanimité à s'en émouvoir.

Angers. — Imprimerie orientale A. Burdin et Cie.